LES

DEUX WATERLOO

2949 — Paris, imprimerie de Jouaust, rue Saint-Honoré, 338.

LES

DEUX WATERLOO

PAR

ÉMILE BERGERAT

A PARIS

LIBRAIRIE GÉNÉRALE DES AUTEURS

10, RUE DE LA BOURSE

MD. CCC LXVI

LES

DEUX WATERLOO

I

C'était le quatre mai mil huit cent vingt et un. —
L'Empereur se mourait... — Le résineux parfum
Des vieux sapins de Sainte-Hélène
Montait lugubrement le long des escaliers.
Hudson-Lowe et Bertrand, serviteurs et geôliers,
Tous guettaient la suprême haleine.

On ne voyait au loin que l'eau... l'eau... toujours l'eau !
Et puis, pour animer ce sinistre tableau,
Sur la grève un aigle sauvage...
Il écoutait le vent et regardait les flots
Qui viennent jeter là les éternels sanglots
De leur éternel esclavage.

Le soleil s'abattait comme un oiseau blessé... —
L'horizon, ce rempart qui bornait le passé,
S'effaçait dans les plis de l'ombre... —
Tout à coup, l'Empereur, dressé sur son séant,
L'œil fixe, vit du fond de l'avenir béant
Descendre un ange à l'aile sombre.

Et l'ange s'approchait silencieux... — Soudain
Napoléon se sent attiré par la main
Jusque sur les bords de l'espace...
Des mers du Sud s'élance un courant ténébreux,
Et l'ange, saisissant l'Homme par les cheveux
Ouvre son aile au vent — et passe.

« Où donc me mènes-tu ? disait l'Homme. — Je vois
« Sous mes pieds une mer qui m'a porté cent fois
« Aux jours expirés de ma gloire... —
« Cette femme là-bas qui vole devant nous,
« Hurlant, folle de joie, et criant : « C'est l'Époux ! »
« Je la connais... — C'est la Victoire ! — »

— « En avant ! — Sainte-Hélène est loin... L'Océan fuit...
« Cet îlot que mon œil aperçoit dans la nuit,

« Est-ce toi, superbe Angleterre? »
— « En avant! — Cette côte et son corset d'airain
« C'est la France! — Et ce ciel, c'est son azur serein!...
« Allons-nous reprendre la terre?

— « En avant! — Du passé je remonte le cours...
« J'entends sur ces coteaux bourdonner des tambours...
« Je reconquiers mes destinées...
« Le Temps devant mes pas recule à fond de train
« Et de ses doigts il laisse échapper grain par grain
« Le chapelet de mes années... —

« A moi, mes vieux héros, *Ney*, *d'Erlon* et *Berthier!*
« En avant! reprenons le terrible métier!
« Qu'on rassemble ma vieille Garde!...
« O France! nous allons retoucher les Cent-Jours!...
« Des hommes! des canons! A moi! — Je suis toujours
« Napoléon le Grand, regarde!

« En avant les grognards! en avant les conscrits!
« Tous ceux de *Montmirail* et tous ceux d'*Austerlitz*,
« Brossez vos fusils et vos aigles...
« A moi, mes généraux et mon état-major!

« Brillants dans le combat comme les boutons d'or
« Brillent parmi les champs de seigles!

« A moi les régiments hérissés de fusils!
« A moi les grenadiers dont les sombres sourcils
« Se dérident au pas de charge!...
« A moi le beau hussard et le fier cuirassier,
« Et le lancier poudreux, dont les piques d'acier
« Flamboient aux feux de la décharge!

« En avant! cœurs de flamme et poitrines de fer!
« Nous allons mesurer *Wellington* et *Blücher*
« A la hauteur de *Bonaparte!*
« Nous allons retourner sur ces coteaux sans nom
« Effacer à jamais d'un boulet de canon
« Le mot « *Waterloo* » sur la carte! »

II

Sur le plateau de Mont-Saint-Jean,
Perçant les nuages d'écume,
L'arc-en-ciel aspire la brume
Qui s'envole vers l'Océan;
Le bois, où l'aube s'est enfuie,
Tord ses cheveux noyés de pluie
Sous la brise qui les essuie
Au manteau moiré du terrain. —
Aux versants de l'amphithéâtre
Une double masse rougeâtre
S'allonge sur les rocs d'albâtre
Ainsi que deux serpents d'airain.

Non, jamais de mémoire humaine
On ne compta tant de lions
Battant l'air et foulant la plaine
Autour de deux ambitions !
Traînant le bronze et les salpêtres,
Ils vont, rage au cœur, boue aux guêtres,
Renversant les pins et les hêtres
D'où sortent les oiseaux de nuit... —
L'Homme, braquant sa longue-vue,
Passe ses troupeaux en revue... —
Un éclair sillonne la nue :
Dieu pleure : *Lui* s'épanouit !

Allons : la première volée
Traverse les monts et les vaux ;
En avant ! toute la vallée
Tremble sous les pieds des chevaux ;
Le fifre poursuit et répète
Les longs appels de la trompette... —
Allons, allons, c'est la tempête :
Les tambours grondent en tous lieux,
Et, le front bas dans la fumée,
S'élance au grand trot chaque armée,
D'un bloc, et comme renfermée
Dans une ceinture de feux !

Oh! le choc terrible! *La Haie*
Se déchire et vole en lambeaux;
Combien de morts dans la futaie!
Dans les airs combien de corbeaux!
Le bois Goumont tremble; les bombes
Sifflent, passent comme des trombes...
Les morts en soulèvent leurs tombes;
La séve en jaillit des sillons!
On court, on tombe, l'on s'écrase,
On se massacre dans la vase...
La foudre aux cent voix hurle — et rase
Le front mouvant des bataillons!

Le terrain détrempé s'éboule :
Les grenadiers tombent au pas.
Aux pans du château qui s'écroule
Pendent des grappes de soldats.
Au-dessus d'eux le ciel flamboie,
Au-dessous la fumée ondoie... —
Calme, la Ligne se déploie
Dans le vallon qu'elle a franchi.
Entouré de sa vieille garde,
L'Empereur, inquiet, regarde
Entre deux éclairs de bombarde
L'ombre flottante de *Grouchy*.

Comme un nuage de fantômes
Apparaissent sur les sommets
Les cavaliers des Trois-Royaumes
Dont le vent courbe les plumets.
Le nuage noir se balance...
Puis, hourra! il crève, s'élance,
Et l'avalanche porte-lance
S'écroule!... — En ces ondes d'aciers
On ne voit plus rien que la hache!... —
Tout se fond... — Et puis se détache
Milhaud, caressant sa moustache
En contemplant ses cuirassiers.

Dans la plaine, les baïonnettes
Emportent d'assaut les canons. —
Les beaux lanciers des *Desnoëttes*
Sillonnent l'air de leurs pennons. —
Vive l'Empereur! On s'égorge!
L'Anglais meurt en criant : « Saint-George! »
Le sang bouillonne et se dégorge
Dans les sillons en floraison...
Mais aux lueurs de la mitraille
Wellington tout à coup tressaille... —
Il a vu, comme une broussaille
Frémir *Blücher* à l'horizon!

Un cri formidable s'élève :
« Le Rougeaud ! voilà le Rougeaud !.» (1)
Et l'on voit passer, comme en rêve,
Un homme tenant un drapeau.
Il traîne aux plis de sa bannière
Une meute à fauve crinière
Dont chaque rang laisse une ornière
Dans la houle des noirs shakos.
L'homme rouge passe et repasse...
Sa lèvre humide boit l'espace...
Il est partout ! — Terrible chasse
Dont parlent encor les échos !

Comme la lave du Vésuve
La meute étreint, balaye, tord ;
Dans la vallée, étroite cuve,
Rugit le tourbillon de mort.
Sur cet océan de carnage
Ondule la meute à la nage
Suivant le Rougeaud, qui surnage
Invulnérable ! — En ce moment
La Mort danse aux éclairs du sabre
Son épithalame macabre.....
Toute la nature se cabre
Devant cet épouvantement.

Environné de cent cadavres,
L'Empereur, sinistre et muet,
A cru voir du côté de *Wavres*
Quelque chose qui remuait.
Sa main se crispe; son œil sombre
Se perd dans la nuit et dénombre
Ces drapeaux sans couleur dont l'ombre
S'allonge sur le ciel blanchi.
Wellington, qui tient sa revanche,
Sur l'horizon fatal se penche.
La masse grandit et se tranche...
Est-ce *Blücher*? est-ce *Grouchy*?

On vit alors un fait étrange ! —
Le canon se tut; les carrés
Se reformèrent dans la fange,
Parmi les chevaux effarés.
Le bruit tombait : — les deux armées
Se détendirent, désarmées... —
Le noir bataillon des fumées
S'engouffra dans le firmament...
On attendait, l'œil sur le Maître...
« Quel est celui qui va paraître? »
Et ce formidable *peut-être*
Fit trembler la Garde un moment.

Bientôt la phalange fatale
Se dessine sur le coteau :
Elle grandit, elle s'étale,
Et le couvre comme un manteau :
Manteau de nuages difformes
Qui se cassent en mille formes ; —
Les drapeaux et les uniformes
Flambent sur l'azur rafraîchi...
L'Empereur tombe et se reploie
Sur son cheval tremblant qui ploie...
Et *Wellington*, ivre de joie,
Dit : « C'est *Blücher !...* »
— Ce fut *Grouchy !*

Ce fut *Grouchy !* — Triste déroute
Dont les Anglais ne parlent plus !
Chevaux et fourgons sur la route
S'écrasaient aux bords des talus !
On court, on s'enroule, l'on crie,
On roule, on roule avec furie...
Comme les glaçons que charrie
L'Océan que l'aube rougit.
Les collines sont inondées
De ces batailles débordées ;
L'air, frémissant sous ces bordées
De mitraille humaine, rugit.

C'est ton dernier jour, Angleterre !
Notre haine de six cents ans
S'élance enfin de ce cratère
Qu'elle se mina si longtemps.
Vieux Léopard aux yeux funèbres,
L'Aigle t'a brisé les vertèbres...
Il te ronge dans les ténèbres
Et s'assouvit sans s'apaiser... —
Déjà pensif, l'homme de gloire,
L'âme pleine de son histoire,
Au front sanglant de la Victoire
Dépose son dernier baiser.

Alors la sinistre vallée
S'efface dans les lourds brouillards...
Les tumultes de la mêlée
S'y perdent avec les fuyards.
Puis, sur les ailes de la brise,
Qui le soulève et qui le brise,
Le rideau s'enroule à la frise... —
Et la plaine de Waterloo
Reparaît avec ses murmures,
Ses buissons étoilés de mûres,
Ses chants d'oiseaux dans les ramures,
Et ses bergers à la Vanloo.

III

Le rêve a perdu ses reflets épiques. —
De mille drapeaux le val chamarré
Est tout alentour parsemé de piques
Où s'enchaîne un fil de chanvre doré. —
Des pasteurs ont vu, qui gardaient leurs vaches,
Trente cavaliers en beaux attifets
Fondre d'un nuage avec leurs cravaches
Sur des destriers superbement faits.
La plaine n'est plus qu'un vaste hippodrome,
Et sur les coteaux taillés en gradins
Des zéphyrs bouffis, altérés d'arome,
Éventent du pied les bons citadins. —

Arthur Wellington veut laver l'injure
Dont ce Waterloo souille ses haras,
Et prouver, god dam! — du moins il en jure, —
Que Napoléon fait ses embarras.
Il saura montrer que dame Angleterre
Est reine après tout du droit du « pur sang, »
Et qu'elle est trempée à régir la terre
De par ses Derbys et son vingt pour cent ;
Qu'elle peut fort bien perdre cent mille hommes
Sans sur ce dégât froncer les sourcils,
Quand ses chevaux seuls lui gagnent des sommes
A lever demain cent mille fusils. —
Or, trente chevaux fument dans l'arène :
Sur leur *performance* on fait des paris... —
Heureux celui-là qui te fera reine,
Londres, grande ville, ou bien toi, Paris !

IV

Donc, coureurs, en ligne ! —
Ils sont en arrêt,
Attendant le signe,
Tendant le jarret. —
Plus une parole !...
Allez !... — Par-Éole !
D'une banderole
On les couvrirait.

Pouah ! quelle nue
De sable, messieurs !
Chacun éternue
Et ferme les yeux.
Junon, dans l'Olympe,
Quand Jupin y grimpe,
Pour ôter sa guimpe
Fait moins d'ombre aux cieux.

Nul retardataire !
Les noirs ouragans
Creusent moins la terre
Que leurs pieds fringants. —
La foule se pâme...
Calmez-vous, madame,
Car vous rendrez l'âme —
Et perdrez vos gants !

Sur le sol qui fume
Voyez-les volants !...
Ainsi dans la brume
Vont les goëlands.
Tout siffle, tout passe...
Nul front ne dépasse... —
Leurs yeux dans l'espace
Sont sanguinolents !

Hop ! sur la barrière
Effroyable bond !
Vingt sont en arrière...
Les dix autres vont !!!.
Leur cerveau bouillonne,
L'air y carillonne...
Le vent tourbillonne
Dans l'éther profond !

Cette rive est haute ;
Sainte-Trinité!
C'est d'ici qu'on saute
Dans l'éternité.
Les premiers se signent ;
Les autres trépignent,
Et six se résignent, —
Mais sans unité !

Par-dessus l'abîme
Ils s'élancent six... —
Spectacle sublime
Quand on est assis !
Craignez, hippogriffes,
D'embourber vos griffes
Dans les hiéroglyphes
Du mage Alexis !

Mais à la dérive
Trois roulent noyés !
Et si l'autre arrive,
C'est les reins broyés !
Deux restent ! — Ils filent !...
Les coteaux défilent,
Les arbres vacillent
Comme foudroyés !

Dans les Dardanelles,
On voit, vers minuit,
Deux barques jumelles
Traverser la nuit;
Et quand le flot gronde,
On dit à la ronde
Que l'horrible Ronde
Des Djinns les poursuit.

Tel ce couple sombre
S'enfuit dans le vent.
Sous leurs pieds leur ombre
Fait un sol mouvant.
Un Djinn les harcèle
Et les ensorcelle... —
Leur crin étincelle
Derrière et devant.

Visible attelage
D'un char de Péris,
Leur double sillage
Flotte dans l'air gris !... —
Ah ! miséricorde !
Blücher prend la corde... —
Mais *Grouchy* l'aborde...
Doublons les paris !

Les voilà ! — silence !
Grouchy va toucher...
Mais *Blücher* s'élance...
Il va trébucher...
Formidable lutte...
C'est *Grouchy* qui butte,
Et d'une culbute
Arrive *Blücher !*

La triste défaite,
Sire, et qui l'eût dit ?
Deux longueurs de tête !...
Ah ! cheval maudit !
Et quelle pâture
Pour la gent future
Si cette aventure
Y trouve crédit !

Pour elle peut-être
Hésitera-t-on
Entre vous, mon maître,
Et lord *Vilain-ton* (1) !
Car il est notoire
Que cette victoire
Troublera l'histoire
Plus que Marathon !

. . . .

V

L'Empereur retomba sur son lit d'agonie,
Triste, car il comprit la terrible ironie
Du rêve dont il se souvint;
Lors il s'enveloppa dans son manteau de guerre,
Et, content de partir, calme comme naguère,
Il attendit la mort... — qui vint!

L'aigle, qui l'attendait, en rêvant, sur la grève,
Avec le grand soupir et le sinistre rêve
S'envola vers le firmament;
Et dans les verts sentiers des collines prochaines
Un cheval au galop jeta parmi les chênes
Un amoureux hennissement.

Note de la page 13 : *Rougeaud*. — Le maréchal Ney, ainsi surnommé à cause de sa chevelure rouge.

Note de la page 23 : *Vilain-ton*. — Sobriquet donné par Béranger à lord Wellington.

EMILE BERGERAT.

www.ingramcontent.com/pod-product-compliance
Ingram Content Group UK Ltd.
Pitfield, Milton Keynes, MK11 3LW, UK
UKHW021155230726
13926UKWH00001B/117

9 782014 080926